मेरी अनुभूतियाँ

मेरी अनुभूतियाँ

काशीराम उपाध्याय

शान्ति प्रकाश उपाध्याय (शान)

ZORBA BOOKS

ZORBA BOOKS

Publishing Services by Zorba Books, July 2020

Website: www.zorbabooks.com
Email: info@zorbabooks.com

Cover designed by Dhiraj

ISBN Print Book - 978-93-90011-32-2
ISBN eBook - 978-93-90011-33-9

Zorba Books Pvt. Ltd. (opc)
Sushant Arcade,
Next to Courtyard Marriot,
Sushant Lok 1, Gurgaon – 122009, India

प्राक्कथन

प्रस्तुत संकलन में मेरी उन रचनाओं का समावेश है जो मेरे जीवन के विभिन्न चरणों से सम्बन्धित हैं। इनको "मेरी अनुभूतियाँ" ही कहना उचित होगा। ये मेरी अनुभूतियों का समावेश है। ये विभिन्न काव्य खण्डों में मूर्त रूप में आईं जिनका संकलन मेरी एक पुत्री नीलम उपाध्याय अपनी लेखनी से करती रही। मेरे छोटे पुत्र शान्ति प्रकाश उपाध्याय ने अपनी लिखित कविताओं को इस संग्रह के पाँचवें खंड में जोड़ दिया। तदुपरान्त मेरी पुत्र-वधू अमिता उपाध्याय को यह संकलन सिंगापुर में हस्तगत हुआ, तो मेरी पुत्र-वधू ने इसे कम्पयूटर पर शुद्ध पाण्डुलिपि में तैयार किया। जिसका मूर्तरूप "मेरी अनुभूतियाँ" आपके सम्मुख है।

काशीराम उपाध्याय
शान्ति प्रकाश उपाध्याय
सिंगापुर
दिनांक - 04 जून 2004

यह पुस्तक श्री काशी राम उपाध्याय के सिंगापुर
की प्रथम यात्रा के दौरान कम्प्युटर पर लिखी गयी।
यह फोटो सन 2004 में सिंगापुर के चांगी एयरपोर्ट पर
उनकी पत्नी (दुर्गावती देवी), पौत्री (चारु) और
पुत्र शांति प्रकाश उपाध्याय के साथ है।

आभार

मैं यह पुस्तक सहज मार्ग के गुरु श्री राम चन्द्र जी (बाबू जी महाराज) को समर्पित करना चाहता हूँ, जिनके आशीर्वाद से आज यह पुस्तक प्रकाशित हुई है। उनके प्रभाव से हमारे परिवार में आध्यात्मिक उन्नति हुई।

मैं इस पुस्तक के जरिये मैं अपने परिवार के सभी सदस्यों, पिता जी के मित्रों, सुल्तानपुर बार असोशिएशन के शुभचिंतकों और मेरे मित्रो, का सादर नमन करना चाहता हूँ।

मैं अपनी माँ दुर्गावती देवी का विशेष रूप से आभारी हूँ, उन्होंने मेरे पिता जी की सेवा और हम सब भाई बहनों की देख रेख में अपना सारा जीवन समर्पित कर दिया।

मेरे बड़े भाई वेद प्रकाश, मेरी मझली बहन नीलम और मेरी पत्नी अमिता का इस काव्य को लिखने में बहुत ही योगदान रहा है, जिनके प्रयास के बिना यह काव्य ग्रंथ शायद किसी अलमारी में रद्दी की तरह खत्म हो जाते।

पिता और पुत्र की काव्य पुस्तक का स्वरूप देने के लिए मैं जोरबा बुक पब्लिकेशन की पूरी टीम का आभारी हूँ, जिन्होंने इतने कम समय में "मेरी अनुभूतियाँ" पुस्तक को सम्मोहक रूप देकर प्रकाशित किया।

शान्ति प्रकाश उपाध्याय
सिंगापुर
8 जून 2020

कविता सूची

भाग एक

वेदना अनुभूति

सूख गए मेरे आँसू थे,
तुम विहीन मेरा आलय था,
अब कैसे जाय जिया?
तूने विदा लिया !

(कविता - तूने विदा लिया)

आज कैसे भूल जाऊँ !

आज कैसे भूल
आज कैसे मान जाऊँ?

पूजता जिसको हृदय से
अर्चना करता निरन्तर
अनुप्राणित कर रहा था
स्वयं जिससे वाह्य अन्तर
मूर्ति वह मन में समाई
सब जगह प्रतिबिम्ब उसका
मैं पुजारी बन चुका हूँ
कर रहा स्तवन उसका
यह बनी पाषाण की है
मूर्ति कैसे मान जाऊँ ?
आज कैसे भूल जाऊँ ?
आज कैसे मान जाऊँ?

घूटता जिसको सुरुचि से
कामना रखता निरन्तर
रिक्त को था भर रहा
अनुपान मधुमय ही समझकर
लालसा वह अधर की
अब बन चुकी है प्यास मेरी
मैं पिपासी बन चुका हूँ
मत करो उपहास मेरी।

व्यर्थ की मेरी नशा
यह बात कैसे मान जाऊँ ?
आज कैसे भूल जाऊँ?
आज कैसे मान जाऊँ?

स्नेह का है दीप जलता
बढ़ रही लव प्राण पा कर
दौड़ कर भर अंक लेता
वह्नि को शीतल समझकर
ज्वलन को जीवन समझकर
कर रहा तय राह अपनी
इसे जीना तुम न समझो
पर बनी यह लीक अपनी
रोक दोगे तुम पतंगो को
कि कैसे मान जाऊँ ?
आज कैसे भूल जाऊँ ?
आज कैसे मान जाऊँ ?

सत्य

जब समग्र संसार सो रहा
गाढ़ी निद्रा में अपने
तारक दल ऊँघता दिखता
नील गगन के कोने में।

चन्द्र छिपाता अपना मुँह था
धूमिल तरूओं की आड़ लिए
नीड़ो के कलरव शांत हुए
सोते से अपने प्यार लिए।

चुपकी नीड़ों पर मँडराती
तरुवर के पत्ते शान्त हुए
तुम कौन जगाते धीरे से
मेरे मन को दुख क्लांत हुए।

स्वप्नों की दुनिया हंसती है
जग जाने पर रो देती है
क्या यही प्राकृतिक का बना सत्य
जो देती है ले लेती है ?

स्मृति

मेरे उर आँचल में तेरी
स्मृतियों की है चिनगारी
भड़क उठा करती है सहसा
ज्वलनशील शीतलकारी।

फेनिल हो उठता मन मेरा
बनता पारावार सदृश्य
लपट उठ रही है पाकर
स्नेह स्निग्ध वेदना हविष्य।

कातर मन हो तुम्हें पुकारूँ
हाँ ! क्या तुम सुन सकती हो?
कहाँ गई जीवन रेखा वह?
हाँ ! क्या तुम कह सकती हो?

कहाँ विलीन हुई ज्योतिर्मय
मधु मुस्कान तुम्हारी ?
कहाँ देख पाऊँगा वह
अनुहार-प्रभा-सुचि-प्यारी ?

शून्य गगन है मेरा अब तो
न तारक द्युति शशिलेखा।
अंधकार जम रहा निरन्तर
स्वयं बना हूँ अनदेखा।

कुछ सुन पड़ता है तो केवल
सिसकी भरता हुआ समीर।
गोचर होता है केवल
आवरणहीन चिर तमस शरीर।

मन को बहलाना है तो फिर
धोखा देना है केवल
जग जाने पर हुआ? क्या हुआ?
स्वप्न बताना है केवल।

युग्म छोर जीवन धागे के
मिलने है सबके एक दिन।
प्रत्यावर्तन विश्व कर रहा
विरह-मिलन होते छिन-छिन।

वेदना

आंसू बने ओस कण मेरे
गिरते नील गगन से।
दग्ध हृदय वसुधा का करते
शीतल अपने कण से।

लहरें बने वेदना मेरी
मिलती जलधि पुलिन से
शून्य गगन दिखलाई पड़ता
जिनके छितिज मलिन से

यह उच्छवास पवन हो मेरा
ले मेरे मन की पीड़ा।
बन उदभ्रान्त पथिक सा खोजे
जीवन पथ अविरल क्रीड़ा।

तारे टूटें ज्यों आशा के
मेरे शून्य गगन से
विधु मुख पर छाई की रेखा
मेरे साश्रु नयन से।

म्लान हुई संध्या की रेखा
बन मेरे गति की सीमा
देती हो आह्वान रात्रि का
चुपकी के स्वर में धीमा

मेरे स्वप्न जगत की रानी
प्रकृति बने करती नर्तन।
यह आदान प्रदान बन रहे
जीवन अविरल संघर्षन।

हे प्रकृति सुन्दरी तुझे देख
मन मेरा एकाकार बने।
सुन्दरी कुछ ऐसा साज करो
मेरी पीड़ा से सभी सने।

तूने विदा लिया

तूने विदा लिया
आँखें खुली मुँदी पल भर में
क्या देखा! किससे बतलाऊँ?
लुट सा गया खड़ा क्षण भर में
क्या रोऊँ और किसे सुनाऊँ
प्राणों का दान दिया
तूने विदा लिया।

तेरा मुन्ना खड़ा कह रहा
मुझ से माँ क्यों नहीं बोलती !
उसे क्या पता मातृहीन वह
प्राण वायु अब नहीं डोलती
उसने क्या जान लिया !
तूने विदा लिया।

थी भीड़ खड़ी देखती मुझे
प्रांगणा था भरा चिकित्सालय का
सूख गए मेरे आँसू थे
तुम विहीन मेरा आलय था
अब कैसे जाय जिया?
तूने विदा लिया।

पंच भूत सब विघटन पाकर
मिले पंच भूतों में जाकर
मिलकर जो साकार बने थे
निरंकार होते विलगाकर
प्राणों से प्राण लिया।
तूने विदा लिया।

मधु आधार बने जो एक दिन
निराधार बन गए क्षणों में
आकर सभी समाये मुझमें
प्राण वायु बन कणों-कणों में
अशरण की शरण लिया।
तूने विदा लिया।

जो कण मिले वायु में जाकर
उनसे अपना प्राण सजाऊँ
जो कण मिले नीर में जाकर
उनसे अपना जलज खिलाऊँ
सभी को अपना मान लिया
तूने विदा लिया।

जो कण मिले भूमि में जाकर
वे मेरे आधार मीत हैं
जो कण मिले गगन में जाकर
वे मेरे ध्वनि भूत गीत हैं
विरहानल घूँट लिया
तूने विदा लिया

हथियानाला की गोमती

गोमति यह कैसा अस्मसान
हथिया नाला का सूनसान
तेरे उपकुल विराने में
शव यात्रा का यह चिरस्थान

आकर मैंने भी खोया है
एक निधि अपनी तूने देखा
निरुपाय बना कैसे लौटा?
मैं अपने को ही अनदेखा

मेरी आंखों की साध यही
कुछ मुट्ठी बन कर राख रही
मेरे जीवन की राह यहीं
रुकती सी चक्कर काट रही।

तेरे आँचल में समा गयी
वह प्राणमयी जीवन रेखा
पथ पथभ्रष्ट पथिक सा हुआ हाय
यूँ भटक रहा बन अनदेखा।

तेरी गति अविरल प्राणमयी
तू बहती जाती बन अबाध्य
री! अरी तरंगिनि! रुको सुनो
मेरा पथ कैसे बने साध्य!

मुझको अपनी गति सिखला दो
मैं बहूँ विश्व में बन अबाध्य
जीवन के शुष्क कगारों को
बन प्राण लहर भर दूँ अगाध

गीत

मेरे गीत अगीत बने।
बोझिल हैं अमित कराहों से
कुंठित हैं विगलित आहों से।
शब्द पंख पर उड़ न सकेंगे
विचलित हैं अपनी राहों से ।

ये हैं नीरस ये हैं अश्रुहीन
ये हैं नीरव ये शुष्क-हीन
ये तान हीन मुझीना हीन
ये शान्त अशान्त बने
मेरे गीत अगीत बने।

ये भूखे आह भिखारी हैं।
ये ठिठुरे जग की नाड़ी हैं।।
ये निःआश्रय। ये प्राणहीन।
निःस्वसित जगत की नारी है।
ये नहीं नहीं गुणाकारी हैं।

ये शंकर प्रलयंकारी हैं
ये घुटे हुए ये रूँधे हुए।
ये गीत नहीं चिनगारी हैं।
बिना तान के तान तने।
मेरे गीत अगीत बने।

स्वर्णिम युग का अन्त

तारा गण नभ में सोते हैं
स्वप्न सदृश्य से मेरे हृदतल के
झंकृत रजनी सी मेरी सांसे
संसृति में पादप रोते हैं।

निरभ्र-नील-गगन-निर्वसन जन
टूटते नभ से पंखहीन हो उड़गन।
ऊषा आँचल से मुख ढकती सी
करुण कलश भरती सी अनमन।

प्रभा नहीं रहती अब केवल भ्रान्ति
स्वर्णिम युग का अन्त हो रहा
चलते-चलते छाले से पग जलते
यहाँ नहीं सन्धया की शोभा शान्ति

करुणा के लिए अब नहीं खुलते श्रवण
मन में व्याप्त केवल झंझावात आपार
शाश्वत उठता मुझमें केवल ऊर्मि ज्वार
नयन से दिखलाई पड़ते नहीं नयन।

भाग दो
सन्देश अनुभूति

वाल्मीकि बन तुमको मैंने
रामायण का पाठ पढ़ाया,
बन कर व्यास महाभारत का
तुम को गौरव गान सुनाया,
राम-कृष्ण के वे उपदेश
कैसे भूल सकोगे तुम?

(कविता – कविवाणी)

श्रद्धेय पन्त को

हे अनश्वर! देश काल-विमुक्त
हे अनश्वर! देह-बन्धन-मुक्त
हे अनश्वर! रजत-प्राश-विमुक्त
हे अनश्वर! छन्द-बन्धन-मुक्त

हे चिरन्तन! यशः-काया-शेष
हे चिरन्तन! प्रकृति- काया-शेष
हे प्रकृति के गोद के सम्राट!
हे चिरन्तन हे अदेह विराट!

हे अशेष! हिमाद्रि-गौरव-गान।
हे अशेष! अनादि-सस्वर-प्राण
हे अशेष! अमन्द-सुरसरि-तान
हे अशेष! अनन्त-युग-सम्मान

हे अगोचर! प्राण प्रणव-ललाम
हे अगोचर! अगुण-सगुण-अनाम
हे अगोचर! सत्य-शिव-सौन्दर्य!
हे अगोचर! सजल-विनन्त प्रणाम।

कविवाणी

(1)

युग-युग के मेरे सन्देश
कैसे भूल सकोगे तुम!
युग-युग के मेरे आह्वान
कैसे भूल सकोगे तुम?

(2)

वाल्मीकि बन तुमको मैंने
रामायण का पाठ पढ़ाया
बन कर व्यास महाभारत का
तुम को गौरव गान सुनाया
राम-कृष्ण के वे उपदेश
कैसे भूल सकोगे तुम?

(3)

कालिदास बन तुम को मैंने
मेघदूत का दे सन्देश।
शकुन्तला के विरह-मिलन में
भरत पुत्र का कर परिवेश
भारत जैसे नाम करण को
कैसे भूल सकोगे तुम?

(4)

देखा तुमको पाखण्डो में
झट कबीर बन कर आया
सन्तों की वाणी से तुमको
ज्ञान मार्ग को सिखलाया
ज्ञान मार्ग के वे सन्देश
कैसे भूल सकोगे तुम?

(5)

सूरदास बन मैंने तुमको
कृष्ण ललित लीला दिखलाया
बन कर तुलसीदास तुम्हें
मानस का गौरव गान सुनाया
तुलसी की चातक पुकार को
कैसे भूल सकोगे तुम?

(6)

कभी बना भारतेन्दू तो कभी
बन प्रसाद और पन्त, निराला
कभी रवीन्द्र कबीर रूप में
जन-गनमन का किया उजाला
गीतांजली के समुद्घोष को
कैसे भूल सकोगे तुम?

(7)

युग-युग के मेरे सन्देश
कैसे भूल सकोगे तुम!
युग-युग के मेरे आह्वान
कैसे भूल सकोगे तुम?

युग पुरुष

तुम राग द्वेष से मुक्त
कमल के पत्तों के अनुरूप हो
तुम मानवता के पोषक हो
जन मानस के भूप हो।

तेरी वाणी में बसती है
अमृत संजीवनी की बूटी
तेरी चितवन से मिलती है
शुद्ध चेतना की घूँटी

गंगा की लहरों सी पावन
तेरी भाव तरंगें हैं।
हिमगिरि से ऊँचे विचार हैं
पावन रंग से रंगे हैं।

शरद् ज्योत्सना से उज्जवल तुम
युग की एक पुकार हो
युग तेरा आवाहन करता
तुम मानव मन प्यार हो।

तेरे स्वेद बिन्दु से हँसती
घर आँगन की हरियाली
तेरे जौहर से झूमी हो
उपवन की डाली-डाली

ये उज्ज्वल प्रासाद खड़े हैं
तेरे कंधे के ऊपर
तुम से ही है व्याप्त विश्व
तुम सबसे ऊपर हो भू पर

तुम विश्व रूप तुम हो विराट।
तुम शाश्वत अमर कहानी हो
तुम अमर चेतना के प्रतीक
तुम अविरल अमर जवानी हो।

दण्डकारण्य में पथिक बने
तुम विचरण करते राम हो
अर्जुन को गीतोपदेश का
अमृत पिलाते श्याम हो।

तुम्ही कभी तो व्यास बने
तो कभी बन गये हो ईशा
कभी बने वाल्मीकि तो कभी
बने मुहम्मद परमीशा।

सत्य अहिंसा के पोषक तुम
शाश्वत बुद्ध महान हो
सत्यमेव जयते के प्रेरक
गांधी गौरव गान हो

आज विश्व आवाहन करता
हाथ उठा कर तेरी ओर।
उतरें स्वर्ग पुनः धरा पर
नव युग का हो जावे भोर।

सच्ची दीपावली

(1978 की दीपावली की सन्धया पर)

अरे! अमावस्या की रजनी
तू इतनी क्यों इठलाती?
इस बनावटी सघन प्रभा से
क्यों दुल्हन सी शरमाती

तेरे तमस चीर से वेष्टित
टीलों पर झोंपड़े उन्निद्रत
जिनके आँसू सूख गये हैं
जिनकी रोटी नहीं सुनिश्चित

उनकी तू प्रतिनिधि होकर भी
सज जाती अभिनव प्रकाश से
दीपावली! यह नाम अकारण
धारण करती बंधी पाश से।

जिनके घर में तेल नहीं है
विद्युत का प्रकाश पहनाकर
जिनके घर में अन्न नहीं है
राशि-राशि के स्वर्ण जुटाकर

वैभव वाले अगर मनाते
ऐसी कोई दीवाली!
सच में दीपावली हो जाती।
यह रजनी काली-काली।

गाँव की ग्रीष्म

चलता है दिन।
सोती है रात ।।
ऊँघती है सन्धया।
जगता है प्रातः !

बहती है पुरवा ।
मटमैले गाँव ।।
हाँफते है कुत्ते ।
टटिया के छाँव ।।

उड़ते हैं बादल ।
करते कुलेल ।।
रूकती है धूप ।
झुलसी है बेल ।।

सन्धया की उमस में ।
छितराई धूप ।।
पानी भरे ग्रामवधू ।
गाँवों के कूप ।।

मेरी लेखनी

1979 की दीपावली की सन्ध्या पर

मेरी लेखनी चलती रहे।
पेट भी शान्ति के खोज में
और लौटते शाम को
पोंछते भू-श्रम-बिन्दु।
चिन्ताकुल।
सज डगर पर।
मेरी लेखनी चलती रहे।

मेरी लेखनी उठती रहे
अन्याय-अत्याचारों से जूझते
और अपने हाथ की रोटी
छिनते देख
चूँ नहीं करते जो
फिर-फिर
उनको सम्बल देने को।
मेरी लेखनी उठती रहे।

मेरी लेखनी हँसती रहे
सूखे होंठों की फीकी कड़वाहट से
तार-तार टूटता शरीर
रोटी की थकान से

जिनका
मलिन मुख
उनमें मुस्कान भरने को।
मेरी लेखनी हँसती रहे

मेरी लेखनी कुढ़ती रहे
अपने ही श्रम बिन्दुओं को
परिवर्तित।
दूसरे के लिए चन्दन बनते
विभूति का भभूत में
अदृश्य रूपान्तर को देखकर
मेरी लेखनी कुढ़ती रहे।

संजय की मृत्यु पर

कोटि- कोटि युवकों के केन्द्र-बिन्दु!
भारत माँ के आँचल के शरद इंदु!
जन-गन-मन आशा के केवल एक सेतु!
स्वर्ण कसौटी से निखरे से देश हेतु!

अहे! निर्भय। संजय
मृत्यु के भीषण-पाश
नहीं कर सकते तुमको बाध्य
तुम जन्म-मृत्यु के परे
दीर्घ-जीवन सुसुप्त।
तुम अविरल आभा सतत ज्वलित।
जीवन विमुक्त।

हे कर्म पथी! तुम को था अस्तित्व ज्ञान!
भारत भू के प्राणि मात्र का लक्ष्य ध्यान।
तुम गरल घूँट पी गये देश कल्याण हेतु।
तुम सत्यमेव जयते के अविरल अडिगकेतु!

अहे-तेरी श्रद्धांजलि!
तुम्हारे स्वप्नों को संसार
बनाने का तेरा आह्वान
वरण कर युवा शक्ति चल पड़े
उदय हो संजय सी अनुप्राण!

ये क्या कर रहे हो?

ये क्या कर रहे हो?
ये क्या कर रहे हो?

तुम्ही हो हमारे सजग देश प्रहरी
तुम्ही सिर को धड़ से अलग कर रहे हो
ये क्या कर रहे हो?

तुम्ही से बनी नींव है इसकी गहरी
तुम्ही इस की जड़ में कहर कर रहे हो
ये क्या कर रहे हो?

गीता से सीखा या गुरु ने सिखाया
अमृत की जगह से जहर भर रहे हो
ये क्या कर रहे हो?

शरम से हिमालय की आँखें झुकी हैं।
दर्द की दर्द से दवा कर रहे हो
ये क्या कर रहे हो?

जो तुमको हृदय से गले से लगाया
उसी के गले में गरल भर रहे हो।
ये क्या कर रहे हो?

मुहब्बत से जो हाथ आगे बढ़ा था।
उसी हाथ को तुम कहाँ जड़ रहे हो
ये क्या कर रहे हो?

अहिंसा-अहिंसा पुकारा था जिसने
अंगारों से उसका नमन कर रहे हो।
ये क्या कर रहे हो?

अँधेरे में जो ज्योति तुमको मिली थी
उसी ज्योति को तुम विदा कर रहे हो
ये क्या कर रहे हो?

भाग तीन

भक्ति अनुभूति

राम का कर दो सृजन अनुराग से
भरत का कर दो सृजन फिर त्याग से,
राज्य लिप्सा का हनन हो, धर्म फूले,
जल न पावै अब मनुज, मन आग से।

(कविता - तुलसी दास वन्दना)

वंदना

जय वीणा वादिनि!
जय कमलासने!
सकल विश्व शान्ति प्रदायिके!
शुभ्रासने!

भव बाधा मोक्ष प्रदायिके!
सुमधुर गीत ध्वनित जिह्वासने!
शुभ्रासने   जिह्वासने कमलासने।
जय वीणा वादिनि।

हृदयारण्य-विहारिणि देविके!
कवि कुल पूजित-शब्दासने!
मनुजमन आश्रित गुण साधिके!
सुखद हर्ष प्रदायनि चितासने!

शब्दासने जिह्वासने!
कमला सने!
जय वीणा वादिनि!
जय कमलासने !

हनुमान वन्दना

जय पवन तनय जय हनूमान

जय राम भक्त जय हनूमान

माता अन्जनि के हे वरद-पुत्र

तुमको शतधा शत्-शत् प्रणाम

तुम शत्-शत् देवांश समग्र-रूप

जन मानस दुःख निवारण भव्य रूप

तुम ब्रह्मचर्य अविरल सेवा के सततरूप

तुम धीर-वीर कल्याण व्रती दैविक अनूप

जय भक्ति पथी जय हनूमान

जय कर्म पथी जय हनूमान

सीता माता के हे अमर पुत्र

तुमको शतधा शत्-शत् प्रणाम

जय प्रभु सेवक जय हनूमान

सुग्रीव सुहृद जय हनूमान

तुम विभीषण के अनुपम संदेश रूप

तुमको शतधा शत्-शत् प्रणाम

जय महाबली जय हनूमान

तुमको शतधा शत्-शत् प्रणाम

तुमको अपने सौरव का था न ध्यान

तुम महाबली तुमको न रहा अभिमान मान

कपि-कटक विमूढ़ हुई निरूपाय जभी
चल पड़े लंक गढ़ सिया खोज में तुम्ही तभी
तब अट्टहास से भू मण्डल था कांप उठा
रावण का अभिमान मान था नाप उठा

जय जयति जयति जय हनूमान
हे पवन वेग जय हनूमान
सुरसा की छल शक्ति परीक्षा माना
हैं सफल हुआ अभियान सभी ने जान

लंकिनी विहँस कर चली स्वर्ग को अपने
जो बनी निशचरी घोर चली थी डसने
स्वर्ण लंक श्री हीन हो रही कैसे
कलुषित होता है जीव पाप में जैसे

देखा दीपित था एक विभीषण का घर
जैसे कीचड़ से अलग खिला इन्दीवर
तुम विप्र रूप धर उन्हें जगाया पल में
माता सीता की खोज लगाया पल में

हे विप्र वेश जय हनूमान
हे पवन तनय जय हनूमान
प्रभु का दे सन्देश सिया को तोसा
माँ ने आर्शीवचनों से तुमको पोसा

रावण की वाटिका उजाड़ी तूने
अक्षय का वध कर दिया चुनौती तूने
फिर रावण का अभिमान भंग करने को
उस स्वर्ण लंक को राख लंक की तूने

जय अग्नि रूप जय हनूमान
जय जयति जयति जय हनूमान
सीता का सन्देश राम ने पाया
हो कृतज्ञ तुमको था गले लगाया

प्रभु ने यह वरदान दिया था तुमको
जो भजता है तुमको पाता है प्रभु को
निशिचर का संहार किया है तूने
लक्ष्मण का उपकार किया है तूने

आ रहे अयोध्या राम भरत से कह कर
उनका भी उपकार किया है तूने
जय संकट मोचन हनूमान
जय जयति जयति जय हनूमान

तुलसी दास वन्दना

मानस -वंश में अवतार हो जावे पुनः
युग सुन तुम्हारी चेतना की स्वर लहर
जो हो चुका पथ भ्रष्ट मर्यादा रहित
ग्रहण कर ले पुनः वह तेरी डगर

स्वार्थ-संग्रह-धूम छट जावे पुनः
क्षितिज पर हो उदय सुमधुर ज्योति वह
जो कर्म से जोड़े मनुज को शुभ्रतर बन
लोक-संग्रह केतु फहराये पुनः वह

राम का कर दो सृजन अनुराग से
भरत का कर दो सृजन फिर त्याग से
राज्य लिप्सा का हनन हो धर्म फूले
जल न पावै अब मनुज मन आग से

तुम त्याग कर उर वासना रत्ना स्वरूप
कर भगीरथ यत्न सरिता रत्न की गंगा बहाई
आज भी है महकता जिससे सकल आँचल धरा का
गूँजती है टेर चातक जो कभी तूने लगायी

रामायण की प्रस्तावना

(1)

पिता वचन को मान पुत्र
न तत्पर वन जाने को
चित्रकूट को नहीं जा रहे
भरत उन्हें लाने को।

(2)

अब करता न प्रतिज्ञा कोई
दुष्ट दलन करने की
विप्र धेनु के रक्षा की
सुर सन्त हेतु पालन की

(3)

लक्ष्मण से अब अनुज कहाँ हैं?
सीता सी वह नारी?
कहाँ पवन सुत से सेवक हैं
स्वामिभक्त हितकारी?

(4)

अब उनके पद चिन्हों पर
क्यों लोग नहीं चलते हैं?
क्यों उनके आदर्शों से
अब लोग नहीं ढलते हैं?

(5)

कहाँ तिरोहित वह निषाद
जो प्रभु का चरण पखारा?
आज नहीं कहता कोई है
भाई भरत सम प्यारा।

(6)

शेवरी सा अनुराग कहाँ है?
कहाँ बैर वह जूठी?
जिसके खातिर स्वयं पधारे
देखी भक्ति अनूठी।

(7)

नारी का उत्कर्ष अहिल्या
हुई शिला से नारी
नारी शिला हो गईं फिर से
जग की है अंधियारी।

(8)

आज वही सरजू का जल है
पहले सा ही बहता।
पवन हिलोरे लेकर चलता
श्वास निलय है भरता।

(9)

प्राची लेकर स्वर्ण कलश में
रश्मि रत्न बिखराती।
अब भी सन्धया उसे अंत में
चुन-चुन कर ले जाती।

(10)

वही सूर्य है वही चन्द्र है
वही दिवस वे रातें।
साक्षी से है गंग हिमालय
देख चुके सब घातें।

(11)

मनुज रूप धर जो धरती पर
एक समय था आया
क्या कारण था उसे सभी ने
ईश्वर कह अपनाया।

(12)

क्यों उसके पद चिन्ह बचे जो
उन्हें मिटाये जाते
खोज रहे जो लोग उन्हें
क्यों नहीं बताये जाते?

(13)

आज उन्हीं पद चिन्हों को मैं
खोज-खोज कर प्रतिदिन
लड़ी बनाना शुरू किया है
गूँथ-गूँथ कर निशिदिन।

(14)

इस माला को ग्रहण करें जो
प्रेम से गले लगाये
जीवन भर की तपन बुझेगी
दिव्य शान्ति सुख पाये।

(15)

इसमें गुथी अयोध्या नगरी
उसको शीश नवाएं
आकर जन्मे राम जहाँ पर
राम जन्म फल पायें

(16)

राम लक्ष्मण भरत शत्रुघ्न
की पावन धरती यह।
वन्दन है इस धरती का
यह पुण्यमयी महती यह।

(17)

कौशल्यादिक माताओं को
वन्दन करता हूँ मैं
जनमे राम से पुत्र जिन्होंने
चरण पकड़ता हूँ मैं।

(18)

दशरथ को मेरा प्रणाम है
पिता-पुत्र के नाते
राम वियोगी रह न सके जो
क्षण भर जग के नाते।

(19)

जनक सुता की करूँ वन्दना
राम की जो अनुगामी
जो नारी गौरव की पताका
उसे नमामि नमामि।

(20)

नमस्कार हे राम तुम्हें
जन्मे जो जग के कारण
भव सरिता की नाव बना
जो नाम किया है धारण।

(21)

नाम मात्र जप कर कलियुग में
लोग तरा करते हैं
सुलभ सुगम यह राम नाम
सब लोग धरा करते हैं।

(22)

नमस्कार हे भरत तुम्हें
जो भायप भक्ति निभाई।
युग-युग की आदर्श बनी
शारदा सकीं न गायी

(23)

अनुज लक्ष्मण और शत्रुघ्न
जो प्रभु के हितकारी
उन्हें हमारा सत् प्रणाम
जाता हूँ मैं बलिहारी।

(24)

पवन तनय तुमको प्रणाम
बिनु काज राम के चेरे
राम अनुज्ञा छोड़ कभी
घिरते न घिरे न घेरे।

(25)

सबको है प्रणाम मेरा
जो जन्म लिये उस युग में
जो सानिध्य राम का पाये
धन्य-धन्य उस युग में।

(26)

उन सन्तों की करूँ वन्दना
राम चरित जो गाये
राम नाम चिन्तामणि दुर्लभ
जिनसे युग- युग पाये।

(27)

वाल्मीकि का चरण पकड़ कर
करता हूँ मैं वन्दन।
चरण धूलि लेकर मस्तक पर
करता हूँ मैं चन्दन।

(28)

दुःख निवारक वाणी से
फूटी है पहली कविता।
बह निकली अनजान हृदय से
राम चरित सुर-सरिता ।

(29)

हे मुनिवर आर्शीवचनों से
मुझको देकर सम्बल
राम चरित शुभ चरित गा सकूँ
माँगूँ यह वर निश्छल।

(30)

जब आच्छादित हुआ
चतुर्दिक क्लेश और शूलों से
लिपट हुई निरुपाय भारती
अपनी ही भूलो से

(31)

तब मुनिवर अवतीर्ण हुए
तुम गोस्वामी कहलाये
राम चरित की दीक्षा देकर
जग का क्लेश मिटाये

(32)

तुलसी दास चरित अति निर्मल
राम चरित गुण सागर
भव सरिता सुरसरि सम संगम
रामनाम गुण सागर।

(33)

धरती पर धर शीश
चरण की रज धारण करता हूँ
पूर्ण करो मम् मनोकामना
नमस्कार करता हूँ।

(34)

मुझे नहीं बल है अपना
केवल बल एका तुम्हारा
गाना चाहूँ राम चरित
जो गाया हुआ तुम्हारा।

(35)

मुझे छन्द रस ज्ञान नहीं है
नहीं काव्य गति जानूं
एक भरोसा मुझे तुम्हारा
अति कृतज्ञ मन मानूं।

(36)

गोस्वामी मुझ पर प्रसन्न हो
करो अनुग्रह ऐसा
हाथ पकड़ कर मुझे उबारो
बाल-पथिक सा जैसा।

(37)

करूँ वन्दना रामायण की
राम चरित मानस की
पवि पावन कलि कलुष के लिए
दिव्य ज्योति पारस की।

(38)

मेरी इस अभिलाषा की
तुम बनो नाव अब मेरी
जिससे मैं जा सकूँ पार
गा सकूँ कथा जो तेरी।

(39)

शंका से विह्वल मेरा उर
पर एक अशंका मेरी
निश्चित ये दूर हटेंगी
सारी बँधायें मेरी।

(40)

यह केवल पूजा मेरी
यह राम नाम की महिमा
निश्चय ही सन्त हृदय को
भायेगी उसकी गरिमा।

(41)

बल बांध यही मन अपने
गाऊँगा कथा राम की
है नहीं मुझे उनका डर
जिनमें न प्रीत हरिहर की।

(42)

उसको भी मेरा वन्दन
जिसको न कथा भाये यह।
उस पर न कृपा हरिहर की
जिससे न पहुँच पाया वह।

(43)

जब राम कृपा होती है
बहरे को पड़े सुनाई
गूंगा भी बोल सकता है
अन्धे को पड़े दिखाई।

(44)

सकल चराचर जीव जगत के
सब हैं उसके चेरे।
सूर्य चन्द्र उडग्ण भूमण्डल
चलते उसके प्रेरे।

(45)

वह अविनाशी घट-घट वासी
नेति-नेति कहते हैं वेद
उसकी माया से विरचित जग
वह अरूप अत्यन्त अखेद।

(46)

स्थिर है पर गति देता है
है अदृश्य पर दृष्टि प्रदाता
वह अनाम अज अन्तर्यामी
वह अखिन्न पर-पर दुख त्राता

(47)

बिना पैर वह चल सकता है
बिना कान सुन सकता है
बिना हाथ वह कर्म करे सब
बिना घ्राण गुन सकता है।

(48)

मुख के बिना सकल रस भोगी
वाणी रहित बोलता है
वह अनिन्द्य अप रूप अनिर्वच
माया ग्रन्थि खोलता है।

(49)

जब कृपा राम की होती
तब लोग उधर झुकते हैं।
जब नहीं प्रेरणा उसकी
कब लोग कहाँ रुकते हैं?

(50)

सामने प्रत्यक्ष खड़े हों
पर देते नहीं दिखाई
ध्वनि गूंज रही है उसकी
पर पड़ती नहीं सुनाई।

(51)

उसकी महिमा की मह-मह
पर घ्राण कहाँ पाते हैं?
वह हृदय मध्य हो बैठा
पर लोग न छू पाते हैं।

(52)

मन की घेरा बन्दी से
वह दूर रहा करता है।
वह सुलभ सुगम उसको है
जिसको चाहा करता है।

(53)

प्रह्लाद भक्त के कारण
खम्भे में पड़े दिखाई
वह कहाँ-कहाँ रहता है
शंका थी यही उठाई।

(54)

खर दूषण का वध सुनकर
रावण ने गूंज सुनी थी।
सुनकर भी जान न पाया
अपनी बल बुद्धि गुनी थी।

(55)

हरि बने दूत पाण्डव के
दुर्योधन को समझाया।
वह निपट बन गया बहरा
सुनकर भी नहीं सुन पाया।

(56)

जब-जब होती धर्म ग्लानि
औ पाप बढ़ा करता है।
तब-तब वह धर मनुज रूप
भव क्लेश हरा करता है।

(57)

सत् का होता तिरो भाव जब
असत् विजय पाता है।
सत् की करने पुर्नव्यवस्था
स्वयं वही आता है।

(58)

जब अन्यायी की मुट्ठी में
न्याय बंधी होती है।
जब अविवेकी की स्वेच्छा पर
बुद्धि खड़ी रोती है।

(59)

जब रोदन कारण बनता है
अट्टहास का जग के
करूणा मुख अँचल में ढककर
छोड़ चली गति मग के।

(60)

जब नृशंस का भार सहन कर
धरती अकुलाती है
जब मनुजों के कृत्यों से
यह जगती बिलखाती है।

(61)

दया क्षमा जब रूप बदल
पाखण्ड घृणा बनते हैं
शान्ति शील जब कलह कपट बन
जन मन को तनते हैं।

(62)

जब असत्य का मार्ग पकड़
सत्मार्ग छोड़ कर जग में
विजय चाहते लोग सदा
सन्तोष नहीं पग-पग में

(63)

अबला धेनु और सन्तों पर
जब होता है अत्याचार
जब अबोध शिशु अंशों पर
हो झूल रही नंगी तलवार

(64)

जब अपनी उत्पत्ति वासना मात्र
जनक-जननी की मान
पुत्र अहर्निश करे अवज्ञा
वेद विहित मग त्याग अजान।

(65)

जब गुरु केवल वेतन भोगी
जान शिष्य दुत्कार रहा
शिक्षा-दीक्षा बनी किताबी
अहंकार फूत्कार रहा।

(66)

पाणि-ग्रहण संस्कार बने जब
स्वेच्छाचारी का अनुबन्ध
पति व्रत की धूल उड़े जब
न्याय कक्ष पर टिकी अबन्ध।

(67)

राजनीति दुर्नीति में फंसी
लोग कराह रहे हों जब
धर्म ढोंग बन कर बैठा हो
लोग ठगे जाते हों जब।

(68)

जब संचय ही लक्ष्य बन चुका
मार पेट पर केवल लात
जब श्रम अस्थिहीन हो डोले
आलस का हो पुलकित गात।

(69)

जब लक्षण ऐसे दिखते हैं
अपरिहार्य उसका आना
निश्चित होता है धरती पर
नहीं अन्यथा दुख जाना।

70)

मुनि मतिधीर सन्त सन्यासी
ज्ञान चक्षु से देख सकें
आना अब निश्चित है उसका
देख जन्म की रेख सकें।

(71)

तब-तब हरि निज अंश सहित
इस धरती पर आते हैं
स्थापित मर्यादा करते हैं
सन्त शान्ति पाते हैं

(72)

अन्यायी की मुट्ठी से तब
न्याय तुला छिनती है
प्रकट ज्योति जो सन्त हृदय में
शान्ति सुधा जनती है।

(73)

सत् की होती विजय पुनः
अविवेक दूर हटता है
दान दया करुणा का फिर से
मार्ग नया बनता है

(74)

दुष्टों का कर दलन
और सन्तों का कर अनुपालन
मानवता की कर्म भूमि को
दे अनुपम सन्चालन।

(75)

प्रभु प्रशस्त करते हैं
फिर से वेद विहित उस मग को
जिस पर चलकर फंसा न पावे
मनुज पुनः निज पग को ।

नारद मोह

(1)

एक बार की बात मुनीश्वर
नारद धरती पर आये।
त्रेता युग का अन्त हो रहा
देख दशा मुनि दुख पाये

(2)

आर्याव्रत आक्रान्त हो रहा
धर्म ध्वजा थी झुकी हुई।
अहंकार का उदय हुआ था।
शान्ति निपट निरूपाय हुई।

(3)

अत्याचारी लंकाधिप से
देव मनुज सब त्रस्त हुए।
धर्म विपर्यय विप्लव पथ पर
थे अनार्य सब व्यस्त हुए।

(4)

मनुज नहीं नरभक्षी थे वे
त्याग चुके नर का संस्कार
धरती धधक रही थी नीरव
बढ़ता जाता अत्याचार।

(5)

देव भूमि भी घिरी जा रही
निशिदिन उनके द्वन्दों से।
सुरता की सोपान रही जो
हुई मलीन दरिन्दों से।

(6)

मुनि ने देखा निशचर पापी
का होगा संहार नहीं।
जब तक इस धरती पर हरि का
फिर होगा अवतार नहीं।

(7)

मुनि आये वशिष्ट आश्रम में
कुल गुरु ने सत्कार किया।
विनय पूर्वक मुनि ने पूछा
कैसे यह उपकार किया?

(8)

बोले नारद सुनो मुनीश्वर
मेरे आने का कारण
करना है उपाय कुछ ऐसा
ईश करें फिर तनु धारण।

(9)

लक्षण सब उत्पन्न हो गए
धरा सिसकती है प्रतिदिन।
दनुज कर्म के उत्पीड़न से
सन्त कराह रहे निशिदिन।

(10)

ऐसा लगता है प्रभु ने मम
श्राप किया जो अंगीकार
उसको अब चरितार्थ करेंगे
दनुजों का करके संहार।

(11)

चौंके तब वशिष्ट यह सुनकर
पूछा कैसे श्राप दिया
मुनि-ज्ञानी त्रिकालदर्शी तुम
कब कैसे यह क्रोध किया?

(12)

बोले हँसकर तब नारदजी
पूर्व कथा मन में आयी
बोले सुनो मुनीश्वर तुमको
कथा बताता हूँ भाई।

(13)

जग सृष्टा ने जन्म दिया था
जग की सृष्टि चलाने को
पर मन में वैराग्य आवेगा
डिगा न अडिग डिगाने से

(14)

हरि प्रेरित माया से ही
यह सृष्टि रची जाती है
उसके ही भ्रू भंग मात्र से
प्रलय लहर आती है।

(15)

माया के ही वशीभूत यह
निखिल जगत चलता है
उसके वरद हस्त के नीचे
सकल विश्व पलता है।

(16)

प्रभु का परम अनुग्रह था
मनसिज ने घुटने टेके।
मन में अहमिति उदय हुई
न लेके न कुछ देके।

(17)

ब्रह्म लोक को गया
वहाँ मनसिज पर विजय बताई।
नहीं अघाता कह कह कर
अपने मुँह स्वयं बड़ाई।

(18)

विदा समय विधि बोले
मुझसे देते हुए बधाई
तुम हरि भक्ति पंथ संयुत
मनसिज की कौन बसाई

(19)

मायापति का हाथ रहेगा
जब तक सिर के ऊपर।
तब तक तुम समान भक्तों का
अहित न होगा तिलभर।

(20)

क्षण भर भी यदि साथ
छूट जाता उस मायापति का
जन्म कोटि तक पता न पाना
संभव है निजगति का।

(21)

मन में एक विजय की श्लाघा
निज मुख किया बड़ाई।
विदा हुआ ऊपर से कह
प्रभु की है प्रभुताई।

(22)

वाणी धीर गंभीर नहीं
कुछ समझ सका तत्क्षण मैं।
अपनी विजय बखान हेतु
कैलाश गया उस क्षण में।

(23)

आव भगत के पहले ही
मनसिज पर विजय बताई।
हरि माया अनन्त है कह
शंकर ने ली जम्हुवाई।

(24)

जब जब मैं अपने मुँह से
मनसिज पर विजय बताता
हरि माया अनन्त है केवल
शंकर के मुख आता।

(25)

शंकर ने हरि माया को
मन ही मन किया प्रणाम
बोले तुम सर्वज्ञ मुनीश्वर
सन्तत सहज अकाम।

(26)

हरि माया प्रेरित विरंचि
यह सृष्टि रचा करते हैं।
लोभ मोह औं काम क्रोध से
सन्त बचा करते हैं।

(27)

प्रभु माया के बल पर केवल
विष्णु करे परिपालन
होता है संहार सृष्टि का
मात्र देख भू चालन।

(28)

यद्यपि आसुतोष ने मुझको
कथा अनेक बताकर
करना चाहा मोह भंग
पर नहीं सुहाया सुनकर।

(29)

शिव शंकर ने जान लिया
मुझमें परिवर्तन भारी
हरि ही अब उखाड़ सकते हैं
उगा गर्व तरू भारी।

(30)

तब भी मम कल्याण हेतु
शंकर ने मुझे जताया
उचित नहीं करना चर्चा
हरि सम्मुख मुझे बताया।

(31)

कहा अगर हरि पूछें भी
तो टाल बात चुप रहना।
हरि की कृपा विशेष जान
कहने की भूल न करना।

(32)

अहंकार की वृत्ति बनी
मन में कुछ धैर्य न आया
गया क्षीर सागर तत्क्षण में
हरि से भी दोहराया।

(33)

शिव ने जो था मुझे बताया
तदनुकूल न रह पाया
अहंकार के साथ वहाँ भी
काम विजय को बतलाया।

(34)

हरि ने कहा काम प्रतिद्वन्दी
सन्तों का न बन सकता।
जोड़ नहीं यह मुनीश्वर कोई
काम कौन विधि लड़ सकता?

(35)

माया अपराजिता अगर
सन्तों को निर्बल पाकर
करना चाहे मोह ग्रसित
तो स्वयं बचाता जाकर।

(36)

भक्त जनों के हृदय कमल में
वास किया करता हूँ।
यदि आता कल्मष कोई
तो दूर किया करता हूँ।

(37)

यह है अडिग प्रतिज्ञा मेरी
भक्त हेतु हितकारी
मैं भक्तों का भक्त हमारे
बनी टेव यह न्यारी

(38)

अहंकार है असन हमारा
उससे दूर हटाता
जब जब हो अंकुरित भक्त में
उसे समूल मिटाता।

(39)

काम विजय की लघुता सुनकर
तृष्टि नहीं मन में आयी
देखन चाहूँ माया हरि की
मन में अहमित आधिकाई।

(40)

ऊपर से सविनय बोला
सब कृपा तुम्हारी है भगवन
माया उसको छल सकती है
जिसके हो न ज्ञान नयन।

(41)

हरि ने देखा मुनि के मन में
सीख नहीं विधि की भाई।
शंकर के भी कहने पर
कुछ शान्ति दृष्टि न आ पाई

(42)

विदा माँग मुनि चले मगर
था अहंकार न दूर हुआ
हरि ने सोचा उचित नहीं
यदि उसे न चकनाचूर किया

(43)

प्रभु की हुई प्रेरणा
माया ने अनुशासन पाकर
की रचना अद्भुत विचित्र
देखा मग में तब जाकर।

(44)

उपवन बाग लता संयुत
पुष्पित-मग कूंजित कानन।
मृग विहंग अभिनव मन मोहक
सुरिभि-समीर-सुआनन

(45)

मंदिर अनूप थे स्वर्ण कलश
जो सूर्य रश्मि से चमक रहे।
निर्मल जल का तड़ाग पवन
जिसमें सरसिज थे दमक रहे।

(46)

सुमग जलाशय को पाकर
स्नान के लिए मन माना।
जल के भीतर ले ज्यों डुबकी
ऊपर आया था अनजाना।

(47)

क्षण भर में था लिंग वियर्यय।
नारद से नीरजा हुआ।
माया की करतूत अनोखी
स्वप्न सदृश अति सत्य हुआ।

(48)

वेणी ने जगह शिखा की ली
ले ली त्रिपुण्ड की शशिलेखा।
बन माल न रही अब उर पर
शोभित थी मुक्ताहल रेखा।

(49)

कौपीन नहीं अब थी साड़ी
मौंजी न रही मेखला सुघर
अभिनव-वय था न वैखानस।
चाल चितवन थी थे विम्ब अधर।

(50)

बुधराज जा रहे थे उस मग
देखा कन्या अभिनव ललाम
थी निर्जन जगह न था कोई
पूछा सुन्दरि क्या जाति नाम?

(51)

पा मुझे निरूत्तर मेरे प्रति
उत्सुकता वश वे फिर बोले
थे टपक रहे मेरे आँसू
उत्तर में अधर नहीं डोले।

(52)

गंधर्व विवाह हुआ तत्क्षण
आशीष हेतु मुनि एक मिले
द्वादस पुत्रा भव है बोले?
मुनि से ये आर्शीवचन मिले

(53)

राज भवन में हुआ पदार्पण
काम केलि में लिप्त हुआ।
क्रम से द्वादस पुत्रों का भी
मेरे तन से जन्म हुआ।

(54)

पुत्रों के पाणिग्रहण हुए
फिर पुत्र-वधू घर में आयी
सत्ताइस पौत्र हुए मेरे
वधुएं सब मन में सुखपाई।

(55)

धन धाम धरा वैभव से
सुख सौरभ सब प्राप्त हुआ था
अभिनव कुटुम्ब का आकर्षण
क्षण-क्षण में व्याप्त हुआ था।

(56)

लोभ-मोह-भय-प्रीति
भरण पोषण चिन्ता ने डेरा
लिया हृदय में सहज भाव से
मन में तमस घनेरा।

(57)

काल चक्र की गति में पड़कर
पति की काया क्षीण हुयी।
राजा ने विदा लिया मुझसे
दैविक प्रकोप से मृत्यु हुयी।

(58)

वैधव्य सहन न था मुझसे
करता विलाप था भारी।
पति के सँग सती होने की
व्यक्त किया इच्छा न्यारी।

(59)

पुत्र-पौत्र वधुएं सारी
दुख से रोदन करती थी।
मुझे विरत करने की इच्छा
प्रकट नहीं करती थीं।

(60)

रोपी गयी चिता राजा की
उस उपवन में जाकर।
जहाँ मिलन उनका मुझसे
संयोग हुआ था पाकर।

(61)

चिता संग जलने के पहले
मार्जन करने जल में
डुबकी ली जल के भीतर
फिर ऊपर आया पल में

(62)

देखा न चिता थी अब कोई
न शव न कोई अस्मसान
न कौटम्बी न पुत्र-पौत्र
न पुरजन केवल पूर्व-ज्ञान

(63)

नारी का रूप विलुप्त हुआ
फिर पूर्व पुरूष स्वरूप पाया।
मन में जग अमर्ष प्रबल
जग हँसी हुई मन में आया।

(64)

हरि के दो पार्षद मिले
हँसते से मुझसे यों बोले
मुनिवर तुम मनसिज जीत चुके
अब किसे जीतने को डोले!

(65)

अति क्रोध वेग से श्राप दिया
तुम दोनों राक्षस बन जाओ।
मुनियों की पुनः हँसी करने की
जिससे साहस न पाओ।

(66)

एक बार अंकुरित क्रोध
फिर स्वयं बुद्धि पाता है
जैसे तन्तु रोग जनते
आपाद फैल जाता है।

(67)

यह हँसी कराई है हरि ने
उनको भी मजा चखाऊँगा।
उनकी भी दुर्गति करके ही।
अपनी क्रोधाग्नि बुझाऊँगा।

(68)

चल पड़ा क्षीर सागर तत्क्षण
मन में करता कुतर्क भारी।
इस जीने से मरना अच्छा
मेरी क्या दशा हुई न्यारी।

(69)

हरि मिले सँग बुधराज खड़े
हरि मुस्काते बोले मानो
जिसके वियोग से तप्त मुनीश्वर
बुधराज यहीं हैं पहचानो।

(70)

हरि से बोला यह उचित नहीं
यह सीख पिलायी है जैसी।
स्वेच्छाचारी हैं आप सदा
यह वानि बनी ऐसी कैसी?

(71)

मंथन से चौदह रत्न मिले
शंकर के माथे विष आया।
कुछ को तो मदिरा पान मिला
मणी रमा स्वयं ही अपनाया।

(72)

शंकर के तीनों लोकों में
सुन्दरी खड़ी कर भरमाया।
विधि को सरस्वती मिली वधू
यह कैसे उचित जो ठहराया?

(73)

जो चाहा जिससे छीन लिया
जो चाहा जिसको दे डाला।
क्या उचित और क्या अनुचित है
मन में न कभी शंका पाला।

(74)

मन में रखते कपट सदा
पर वैभव नहीं सुहाता।
ईष्या-द्वेष-द्वन्द से भरकर
सब को नाच नचाता।

(75)

किन्तु पड़े पाले किसके
तत्काल समझ जाओगे।
जो अनुभव दे दिया मुझे
वह नर बन कर पाओगे

(76)

पर माया का वेग शीघ्र
हरि ने अब खींच लिया था।
नहीं वहां बुधराज जिन्हें
माया ने खड़ा किया था।

(77)

मन पर परदा पड़ा हुआ
अब जैसे खींच उठा था।
हरि से बोला नहीं- नहीं
जो मैंने अभी कहा था।

(78)

मैंने जो अवज्ञा करके
भ्रम से अभिमान किया था
उसका उचित निदान यही
प्रभु ने जो दण्ड दिया था।

(79)

तीक्ष्ण वचन कहते क्योंकर
यह जीह्वा गिरी न मेरी
क्षमा करो हे दीनबन्धु
शरणागत हूँ मै तेरी।

(80)

भीगे नयनों में अश्रु लिए
चरणों पर हरि के सहज झुका।
असरण शरण के अंक में
प्रभु बाहुओं में बांध चुका।

धोपाप

अग्रहायण-शुक्ल पक्ष- सन्ध्या के व्योम पर
चतुर्थी का चन्द्र मुस्कुराता था।
सुनी थी कथा उस रानी की।
जिसने गुजारे की धन राशि से
चतुष्कोणीय पंचायतन मन्दिर के निर्माण का
संकल्प लेकर बनवाना शुरू किया था।
उसकी तपस्या भी स्वयं उसकी तरह खण्डिता।
आज भी अधूरा निर्माण उस रानी के स्वप्नों सा।
अधूरा गोमती धोपाप की
जल राशि में निमग्न झलमलाता है।
और कथा उस किले की
जिसको मानसिंह तोमर ने
कभी बनवाया था।भग्नावशेष
जिसके अब भी हैं शेष।
कुछ ने कहा दूर है अंधेरा हो जायेगा

मगर उन संकल्पों के खिंचाव
खींच रहे थे हमको जिनकी
प्रबल कल्पना की धूलि शेष है धोपाप में
बाग डाके आम के।कुछ घर मिले।
सरसों के फूलों से भरे पीले खेत
अन्धकार से धूएं में ओझल से हो रहे

गोमती के किनारे शाम के कुहासे से
काले से भी काले होते जा रहे थे
लेकिन वह खिंचाव बढ़ता जा रहा था
मन में था भरा चाव।
मार्ग था गोमती जल के पुलिन से मिला हुआ
और उसके ठीक बगल बेहद ऊँचाई के
किनारे झाकतें से घूर रहे हमको कि
इस विवावान में कौन जा रहे चले।
और किस काम से।

सैकत किनारे पर चलते-चलते
पग बढ़ते रहे कि कोई मिले
इस परिकल्पना में बढ़ते रहे
कुछ दूर बर्फ सी सफेद सैकत शैय्या पर
पड़े थे कुण्डली लगाये दम्पति श्वान के
उनके इस शयन की
सुसज्जा का भेद कौन जान सके !
अब मिले गोमती कगार पर
या ये थीं किले की दिवार
चट्टान सदृश यहीं कहीं
बना था वह किला
जिसकी शिनाख्त कर रही है धार
गोमती की और जब कुछ चढ़कर
ऊँचे आये तो देखा वह अन्धकार
जिसमें खोया वह मन्दिर विशाल
भव्य दिखता था द्वार जिसे

देखने के लिए द्वार से पुकारने पर
बोली एक बालिका जो एक वृद्धा से
कर रही थी बात।
हम दर्शन के लिए मन्दिर के
भीतर दर्शन करने की अभिलाषा ले
पहुँच गए। और उस वृद्धा ने

खोल दिए द्वार सींकचों के बने हुए।
और एक मिट्टी के टिमटिमाते दीप को
लेकर चल पड़ी मन्दिर के उस कक्ष को
दिखाने जहाँ पर पंचायतन राम
भरत लक्ष्मण शत्रुघन तथा सीता की
अविरल मूर्तियाँ दरिद्रता में जी रहीं
और जहाँ पर देखा नहीं कोई
धूप-दीप या पुष्प ही चढ़े हुए
यह धोपाप तीर्थ स्थान
जहाँ राम ने किया स्नान
आये यहाँ स्वयं निष्पाप होने के लिए
वही आज वह घाट खुद राम घिरे हैं।
दरिद्रता से जहाँ।
और मूर्ति सी उभर उठी उसकी वह
अस्थि सी काया जिसके लिए
दर्शन के नाम पर अर्पण किया हमने
द्रव्यदान और सुना उस वृद्धा की
करूण कथा
करूणतर उस रानी की

मन्दिर की कहानी सी
लिया उसका आर्शीवाद चरणामृत
तिक्त सी पंजीरी थे- प्रसाद
जिनके ग्रहण करने में बनने के महीनों बाद तक-
चुकते नहीं।
और लौटते हुए देखा मरने के बाद
पाप धोने के लिए लोग आकर धोपाप
शव को जला रहे।
लौटे उद्विग्न मन
पाप और पुण्य की होती रही मन में
समीक्षा।
कोई भी निष्कर्ष नहीं।
केवल एक हूक सी लगी रही
अचूकसी।

भाग चार

सहज अनुभूति

सखी री! यह मन नाहिं है मोरा।
हौं नाहिं भूलि सकौं पलहू भर
चित सों चित है जोरा ।
सखी री! यह मन नाहिं है मोरा।

(कविता - प्रेम की डोर)

प्रार्थना

हे नाथ तुम्ही मानव जीवन के
ध्येय एवं अनुज्ञेय भी हो
यह विश्व तुम्ही से व्याप्त प्रभो।
संधेय एवं अनुप्रेय भी हो।

ऐहिक जीवन की इच्छायें
बाधक हैं मेरी उन्नति में।
तुम एक मात्र मेरे स्वामी।
हे ईष्ट! तुम्ही अभिप्रेय भी हो।

तेरी सहायता बिना नाथ
है प्राप्ति बड़ी दुर्लभ तेरी
हे सहज प्रकाश रूप भगवन
स्मरणीय तुम्ही संज्ञेय भी हो।

सहज प्रकाश
(सन 2003 की दीपावली की सन्ध्या पर)

आँचल में दीप का ले प्रकाश।
देखा मैंने स्वागत करते।
वीणा वादिनी के चरणों में
सौरभ की स्वर लहरी भरते।

जब विजय हुयी थी रावण पर
राघव लौटे थे जंगल से
उत्साह हर्ष की बेला थी
जल उठे दीप थे झल-मल से

वर का स्वागत विवाह मण्डप में
दीयों से होता है जैसे
जब वधु पहुँचती वर के घर
उसकी परछन होती वैसे

जब रण को जाते शूरवीर
प्रियतम को विदा देती नारी
जब विजय पताका लहराती
तब भी है दीप की तैयारी।

यह दीयों की तो प्रचलन है
जो जल कर फिर बुझती प्रतिपल
हे नाथ जलाओ वह दीपक
जो जले सदा प्रतिपल निश्चल

ये तो हैं कृत्रिम दीप प्रभो
जो आँख-कान को भाते हैं!
तुम सहज प्रकाश रूप भगवन
विरले ही तुमको पाते हैं!

इस प्रकाश का वेग हृदय से
जब जाता उर के अन्दर
अन्धकार का हनन उसी क्षण
होता है निश्चित सत्वर।

यह दैविक प्रकाश है उर का
नहीं दिखाई देता है
वहाँ नहीं ऐसा प्रकाश
जो यहाँ दिखाई देता है।

जब प्रकाश मिलता है गुरु का
हृदय धन्य हो जाता है।
मिटता है कलमष युग-युग का
उर सरसिज खिल उठता है।

इस प्रकाश की करो कामना
कृत्रिम से छुटकारा लो।
गुरु के चरणों का आश्रय लो
संशय से छुटकारा लो।

तड़प बने जब जीवन साथी
उस प्रकाश को पाने की
श्रद्धा भक्ति से करो पल्लवित
गुरु गरिमा को पाने की।

जीवन के जो कर्म जरूरी
सम्पादित हो जायेंगे।
नहीं यहाँ कुछ शुभ या अशुभ
समरस सब बन जायेंगे।

न कोई है मीत यहाँ पर
न तो कोई बैरी है।
राग-द्वेष का खेल सभी है
सब ही "वह" "सब" वह ही है

सब के प्रति कर्तव्य कर्म है
सब हैं उस के ही प्रतिरूप
घर-कुटुम्ब-परिवार-सुजन जन
सब हैं उसके छाया रूप।

तुम में वह है शक्ति जिसे
उसने दी है तुमको सस्नेह
जहाँ लगाये सहज रूप से
लग जाओ न लगाओ नेह

इस दीपावली की सन्धया पर
ऐसा मन में ले विश्वास।
चलने का प्रयास है करना
मन में प्रभु-गुरु की है आस।

दीपमालिके! आवाहन है
भर दो मेरे मन में अमान
जो गुरु का है दिव्य दान
उसको कर सिंचित हों महान!

सतत् स्मरण

तेरी याद में सूर्य उगता है पूरब।
तेरी याद में अस्त होता है पश्चिम।
तेरी याद में चन्द्र तारे चमकते।
तेरी याद में रंग रंगते हैं स्वर्णिम

तेरी याद में सिन्धु लेता हिलोरे
तेरी याद में व्योम सांसे है भरता
तेरी याद में कलियाँ खिलती चमन में
तेरी याद में खग कुल कलरव है करता

मैं सोऊँ कभी तो याद में तेरी सोऊँ
मैं जागूँ अगर तो याद में तेरी जागूँ
खुद मिलना है तू ही बिछड़ना है तू ही
तेरे याद की याद ही तुमसे माँगूँ!

प्रेम की डोर

सखी री! यह मन नाहि है मोरा।
हौं नाहि भूलि सकौं पलहू भर
चित सों चित है जोरा ।
सखी री! यह मन नाहि है मोरा।

जानति हौं गति उनहू की सखि
बांधे प्रेम के डोरा
सखी री! यह मन नाहि है मोरा।

नहि न बसात कछू मोसो अब
मन सो मन झकझोरा
सखी री! यह मन नाहि है मोरा।

करि सुधि उनकी निजसुधि भूल्यों
चितहिं चितै चित चोरा
सखी री! यह मन नाहि है मोरा।

ठांव पाई सुधि परिधि समायो
अब नाहि यह मन मोरा
सखी री! यह मन नाहि है मोरा।

सच्चा प्यार

वह जो करता केवल प्यार
कमल कपोलों का है यार
लाल होंठ पर जाता वार
प्रेम शिखा को जीवित रखता

तारांकित आँखों को निहार
काल इन्हे जब चौपट करता
तब ऐसे प्रेमी की लपटें
पल में हो जाती हैं छार

मन है जिसका समरसनिश्चल
सद्विचार-संकल्प हैं सम्बल
सम स्नेह से स्निग्ध हृदयतल
अमृत प्यार की ज्योति जलाते

जो रहता युग-युग प्रति पल-पल।
जहाँ नहीं है ऐसा प्यार
मैं ऐसे दैहिक प्यारों को
बार-बार करता इन्कार।

भाग पाँच

प्रेम अनुभूति

(शान्ति प्रकाश उपाध्याय)

माँ के इस अनंत प्यार की,
और कौन सी गाथा गाऊँ।
हे राम कृष्ण, हे ओंकार,
विघ्नेश्वर सा पुत्र बनाओ !

(कविता - मातृत्व)

अमिता

पलकें हैं भीगी भीगा समाँ
आँसू से भीगा है ये क्यों जहां
पलकों में नींदे आती नहीं
रातें यूँ शर्माती भाती नहीं

रो रहा हूँ मगर हो तेरी याद में
हँसता हूँ तो बस यूँ ही हो तेरे ख्वाब में
चाँद तारे सजा दूँ तेरी राह में
दीप जलते रहेंगे आकाश में

गुथे मोती अगर टूटते हैं कभी
चाँद तारे ये क्यों लगते नहीं
टूटने वाले की आस भगवान है
बुझते दीपक का वह ही अभिमान है,

बुझ गये वे दिये जो जले थे कभी
सोचो तुम भी जिये उनके जलने पे ही।
पलकें हैं भीगी भीगा समां
आँसू से भीगा है ये क्यों जहां।

व्यथा

मन की व्यथा तुम अमिता
मन की सुन्दरता तुम अमिता
अनुपम सुन्दर कृति तुम मेरी
मेरे मन में यूँ क्यों समायी हो।

कृति भी ऐसी ठुकरा कर मैं
बन सा गया भिखारी था
पर तुमको खुश न रखने के डर से
मैंने बातें हमदम टाली थीं।

पहले देखा तो हूर लगी
जाँचा तो उससे कहीं ज्यादा
तब हुआ प्रेम उस देवी से
मन की हर दम है अभिलाषा।

कृति

कृति आकारहीन थी जो अब तक
कृति को तुमने आकार दिया
कृति की उस चंचल बातों से
कृति को मैंने स्वीकार किया।

कृति अनुपम है कृतिकार हो तुम
कृति प्यास मेरी आँखें हो तुम
कृति निद्रा है स्वप्नों सी तुम
कृति नैनों में क्यों समायी हो

कृति चंचल सी कभी उपवन सी
कृति बागों की ठंडी पवन जैसी
कृति प्यार कभी मन की पीड़ा
कृति क्यों तुम मिलने आयी हो।

कृति से प्यारी उसकी बातें
कृति में सच्चाई की सौगातें
कृति अमर प्रेम सारथी मेरी
कृति मैंने ऐसी पायी है।

कृति की आँखों से मैंने देखा
कृतिकार की जीवन की खुशियाँ
कृति निश्चल नैनों में स्वप्नों सी
कृति की सच्चाई है क्या?

कृति रानी है-
-अमि अंश उसका
कृति निष्ठा है शान्त जिसका
कृति पंछी है उड़ने वाली
अमिता उसकी परछाई है।

जलसा

एक जलसा हुआ
मैं जल सा गया

रोती थी उसकी माँ
बिलखता था उसका प्रेम
किया था तुमने एक
नया खिलवाड़ सही
कर के मातृत्व पर
एक तगड़ा कहर
प्यार के बन्धन को
तोड़ सकते नहीं
क्या करे वो बेचारा
बलि हो गया
एक जलसा हुआ
मैं जल सा गया

एक जलसा हुआ
मैं जल सा गया

चाँद का क्या हुआ
वह था खोया हुआ
आज बादल ने घेरा था
उसका सफर
था यह एक वहम
पर एक चाहत के संग
कल वो फिर निकलेगा
देगा फिर वह भरम
सूर्य की गोद में
सो जायेगा ।

एक जलसा हुआ
मैं जल सा गया।

"हीरो" सोनू सूद

कलम उठी लिखने का सोचा,
मन विक्षिप्त बहुत कुछ ढूँढा,
सोचा कुछ फिर आज लिखेंगे,
सोनू सूद के नाम लिखेंगे।

खलनायक फिल्मी दुनिया में,
हीरो है सच्ची दुनिया का,
सभी श्रमिक को उठा लिया,
ज़िम्मा है घर ले जाने का।

विलेन के हर किरदारों में,
हर पिक्चर के गलियारों में,
नहीं ढूँढ पाया डायरेक्टर,
इस अभिनय को पैमानों में ।

नहीं चाहिए सोनू तुमको,
अभिनेता की कोई टोपी,
अभिनेता तुम अब सबके हो,
हिट रहेगी हर एक मूवी।

आज निराला की कविता को,
किया एक संकल्प बना के,
"वह तोड़ती पत्थर" कविता में,
हीरो का किरदार निभा के ।

अगर निराला ज़िंदा होते,
शायद कविता फिर लिखते,
पथिक प्रेम में सोनू होते,
हम सब उनकी कविता सुनते ।

प्रकृति में बदलाव - कोविड-19

आज जगत के महा समर में,
एक लड़ाई फिर आयी,
जिस घर में जान लगा दी थी,
रहने की बारी आयी ।

आज प्रकृति ने या मानव ने,
किया खेल सबने अपनों से,
जो समग्र संसार नापते,
खिड़की से बंध गगन ताकते ।

आज प्रकृति के हर पन्नों में,
एक नई सी हरियाली थी,
पंछी भी अब चहक उठें थे,
बाते करते वे डाली डाली ।

आज सितारे फिर जुगनू से,
टिम-टिम करते दिखते हैं,
नहीं पता रातों में हम इनको,
बचपन में ही गिनते थे ।

आज हवा हर दरवाज़े पर,
आकर आहट करती है,
थी विस्मृति सी हरदम सोचें,
क्यों नहीं शांत से मिलती थी ।

आसमान जो था जोखिम सा,
गति की सीमा से बंधा हुआ,
हर शाम पंछियों की गति से,
वह आज मिला ऊँघता हुआ ।

बन्द हुए मंदिर मस्जिद सब,
जब बन्द हुए द्वारे गुरुद्वारे,
भगवन अब कहाँ मिलोगे,
हर हृदय जहाँ ना हो ताले।

कोई रंक ना राजा है अब,
ना कोई है दरबारी,
हर दिल को छू लेनी की,
नर नारी तेरी है बारी ।

हम आए थे दौड़ निकल के,
नहीं देख पीछे क्या छोड़ा,
नहीं जुड़ी वीज़ा पन्नों में,
जो अपनो को, अपनो से जोड़े ।

हे प्रकृति तुम्हें एकांत मिलेगा,
मानव मानव को डस लेगा,
जो दोहन का है परम रूप,
वो कैसे अपनों को छोड़ेगा ?

है टोह तेरे साँचे मन की,
तूने एक बड़ा संकेत दिया,
जो नहीं रुका गतिशील रहा,
पर रहते भी गतिहीन किया !

पर रहते भी गतिहीन हुए,
तुम अगर समझ ना पाओगे,
जब तेरे पर ना रहेंगे तब,
सोचो कितना पछताओगे ?

राम की भिक्षा

जिसको है सर्वस्य विदित
जिसका है सर्वस्य विश्व
जो कण कण के ज्ञानी है
उनकी शिक्षा की बारी है।

रज को कुन्दन करने वाले
ब्रह्मा जिनसे उत्पन्न हुए
गुरुओं के है परम गुरु
उनकी गुरुकुल की बारी है।

गुरु की रजकण ले कर के
शिक्षा लेने रघुनाथ चले
जिसका यह सर्वस्य विश्व
उनकी भिक्षा की बारी है।

मातृत्व

माँ मैं जनमा, तेरी पीड़ा से,
तू भी रोई, मैं भी रोया ।
प्यार दिया निस्वार्थ अदिति सा,
आँचल को नभ सा फैलाके।

तेरा विश्वास अमर है जैसे,
अडिग हिमालय के प्रताप सा ।
नहीं खंड कर सकता है मानव,
अखंड प्यार के इस व्रत का ।

माँ की आज्ञा को लीक मान,
विघ्न विनायक तुम कहलाये ।
वनवासी से घूमे वन वन,
राम चरित को सीख बनाये ।

ज्ञानवंती को तीर्थ करा कर,
श्रवण परम पुत्र कहलाये ।
मातृ प्रेम से भावुक होकर,
दामोदर लीला दिखलाये ।

कलयुग का परचम ऐसा है,
पल-पल में हैं लोग बदलते ।
माँ का प्यार अमर है हमदम,
दामोदर से पुत्र कहाँ हैं ?

माँ के इस अनंत प्यार की,
और कौन सी गाथा गाऊँ।
हे राम कृष्ण, हे ओंकार,
विघ्नेश्वर सा पुत्र बनाओ !

काशी राम उपाध्याय

जन्म सन 1935 ग्राम देवराजपुर, सुल्तानपुर और वर्तमान निवास मकान न. 770 सीताकुंड, सुल्तानपुर (उ. प्र.)

प्रमुख रचनाएँ - आज कैसे भूल जाऊँ, हथियानाला का सूनसान, दीपावली, नारद मोह, हनुमत वंदना, धोपाप।

काशी राम उपाध्याय के पिता का नाम श्री भगवान दत उपाध्याय था। शुरू से आप की रुचि काव्य साहित्य में रही। स्कूली शिक्षा विजेथुआ महावीरन जूनियर हाई स्कूल और उसके बाद समोधपुर इंटर कॉलेज जौनपुर जिले में हुआ। इंटरमीडिएट पास करने के बाद उसी कॉलेज में अध्यापन कार्य करने लगे। इसके बाद स्नातक की परीक्षा बनारस हिन्दू विश्वविद्यालय से उत्तीर्ण हुये। तदुपरांत लोक सेवा आयोग उ. प्र. से ऑडीटर की परीक्षा पास करने के बाद ऑडीटर पद पर कार्यरत हुये। एक वर्ष के बाद नॉर्मल स्कूल लखीमपुर खीरी में अध्यापक पद पर नियुक्ति हो गयी। चूंकि आप एक मेधावी किस्म के व्यक्ति थे, सरकारी नौकरी में मन नहीं लगा अतएव आप ने अध्यापन कार्य से इस्तीफा देकर एल. एल. बी. की पढ़ाई, टी. डी. कॉलेज जौनपुर से करके आपने गृह जनपद सुल्तानपुर में वकालत शुरू किया और जिले में अपने को एक योग्य अधिवक्ता के रूप में प्रतिष्ठित किया। आप राजनीति में भी सक्रिय रहे। सन 1974 से 1979 तक आप जिला पंचायत सुल्तानपुर के सदस्य रहे और विभिन्न समितियों के अध्यक्ष भी रहे। इसी अंतराल में समय-समय पर आप ने विभिन्न प्रकार की कविताओं की रचना भी किया। अपने वकालत जीवन के व्यस्त

समय में तुलसीदास कृत सुंदरकाण्ड को अँग्रेजी में कविता के रूप में लिखा तथा कृष्ण चरित की भी रचना की। आप का शुरुआती जीवन कष्ट में रहा जिसका प्रमाण आप के कविताओं से परिलिक्षित होता है। आप ने दीवाली पर धनाढ्य लोगों द्वारा मनाए जा रहे ख़र्चीले तौर तरीके पर भी अपनी कविता में अपनी भावना व्यक्त किया है जो एक लाइन से भी प्रदर्शित है - **"अगर मनाते वैभव वाले, सचमुच ऐसी दीवाली। सच में दीपावली हो जाती। यह रजनी काली-काली"**। इसी प्रकार आप ने धोपाप घाट की दुर्दशा पर कविता के रूप में अपनी भावना को व्यक्त किया है।

आपकी ज्यादातर रचनाएँ धार्मिक साहित्य पर आधारित हैं जिसमें हनुमत वंदना, कृष्ण चरित, अँग्रेजी में सुंदरकाण्ड, नारद मोह प्रमुख हैं।

शान्ति प्रकाश उपाध्याय

जन्म 12 अक्तूबर 1976, सुल्तानपुर (उत्तर प्रदेश, भारत) और वर्तमान निवास सिंगापुर

आपके पिता का नाम श्री काशी राम उपाध्याय और माता का नाम दुर्गावती देवी है। स्कूली शिक्षा जवाहर नवोदय विद्यालय गौरीगंज से पूरी करने के बाद आप ने स्नातक की परीक्षा इलाहाबाद विश्वविद्यालय से उत्तीर्ण किया । तदुपरांत आप ने आपने इलाहाबाद विश्वविद्यालय के प्रोफ़ेसर श्री ए. के. मित्तल के सुझाव पर मास्टर इन कम्प्यूटर साइंस की पढ़ाई की । सन 2002 में आपकी नियुक्ति सिंगापुर में सॉफ्टवेर कंपनी में हुई। सन 2008 में आपने नेशनल यूनिवर्सिटी ऑफ सिंगापुर (एन. यू. यस.) से एम॰ टेक॰ की शिक्षा पूरी की और सॉफ्टवेर में कार्यरत रहे ।

बचपन से ही खेल में रुचि होने के कारण और सिंगापुर में बहुत अच्छी खेल सुविधाओं को देख कर आपने फ्रांसीसी खेल पेतांक (Pétanque) खेलना शुरू किया। 2015 में आपका चयन सिंगापुर नेशनल टीम में हुआ और आपने साउथईस्ट ऐसियन गेम्स (SEA Games 2015) में सिंगापुर का प्रतिनिधित्व किया। आपने इस खेल में नेशनल गेम्स, पोर्ट डिक्सन इंटरनेशनल और रीजनल टूर्नामेंटों में कई पदक हासिल किये।

2014 से आप सिंगापुर के गवर्नमेंट टेक्नोलॉजी एजन्सी, पब्लिक सर्विस में सीनियर प्रोजेक्ट मैनेजर के पद पर कार्यरत है। बचपन से ही आपने समय-समय पर विभिन्न प्रकार की कविताओं की

रचना भी किया, जो आपको शायद अपने पिता से विरासत में मिली। आपकी यह लाइन **"बुझ गये वे दिये जो जले थे कभी, सोचो तुम भी जिये उनके जलने पे ही"**, अपने माता और पिता के प्रति अदम्य प्यार को दर्शाती है, जो आपने अपने इलाहाबाद विश्वविद्यालय की शिक्षा के समय में लिखी थी । आपने कोविड19 के समय "हीरो" और "प्रकृति में परिवर्तन" जैसी कविताओं को लिखकर, पाठकों को अपनी तरफ आकर्षित किया।

सिंगापुर में सेंटोसा द्वीप की सैर -
काशी राम उपाध्याय और उनकी पत्नी दुर्गावती देवी